Viaje a Través de la Historia

La Edad Moderna

Barron's Educational Series, Inc. tiene los derechos exclusivos para
distribuir esta edición en los Estados Unidos, Canadá, Méjico,
Centro América, Sudamérica, las Islas Filipinas, el Reino Unido y Australia.

Barron's Educational Series, Inc.
250 Wireless Boulevard
Hauppauge, New York 11788

Primera edición, septiembre 1988
Publicado en acuerdo con Parramón, Barcelona, España

© Parramón Ediciones, S.A.
Primera edición, febrero 1988

Todos los derechos reservados.

Prohibida la reproducción total o parcial de esta obra mediante impresión,
microfilm, fotocopia o cualquier otro sistema, o incorporado en un sistema
para el recobro de información electrónica o mecánica, sin permiso escrito
del editor que tiene la propiedad literaria.

Número Internacional del libro 0-8120-3393-0

Library of Congress Catalog No. 88-10387

Library of Congress Cataloging-in-Publication Data

Vergés, Glòria.
   La edad moderna / [ilustraciones de] María Rius; [texto de]
Glòria & Oriol Vergés .—1.ª ed.
      p. cm.—(Viaje a través de la historia)
   Summary: An introductory history of the seventeenth and eighteenth
centuries, with a fictional story involving children to depict the era.
   ISBN 0-8120-3393-0
   1. History, Modern—17th century—Juvenile literature.
2. History, Modern—18th century—Juvenile literature. [1. History, Modern—
17th century.   2. History, Modern—18th century.   3. Spanish language materials.]
I. Rius, María. ill.   II. Vergés Oriol.   III. Title.   IV. Series: Vergés, Glòria.
Viaje a través de la historia.
D247.V47 1988
909.6—dc19   88-10387
                                                          CIP
                                                           AC

Printed in Spain

23   9960   98765432

Viaje a Través de la Historia

La Edad Moderna

María Rius
Glòria & Oriol Vergés

BARRON'S

Los monarcas europeos tenían cada vez más poder y, con ayuda de sus ministros, controlaban todas las riquezas del país. Creían que Dios les había elegido para ser reyes y que, por tanto, no debían rendir cuentas a nadie. Para evitar que los nobles conspirasen contra ellos, les hacían vivir cerca de la Corte e incluso en sus mismos palacios; les daban importantes cargos políticos y les invitaban a participar de las grandes fiestas cortesanas.

—Este palacio de Versalles es el más lujoso que existe.

—Es posible, pero a mí, más que los salones, me gustan sus jardines con esas plantas tan bien podadas, las fuentes, las esculturas...

El mundo de la música sufrió una gran transformación. Además de las composiciones religiosas que se cantaban en las iglesias, los músicos escribían composiciones para ser interpretadas en los salones de la nobleza y de las personas adineradas. Poco a poco, las personas educadas y de buen gusto comenzaron a apreciar el arte de la música. Aparecieron entonces nuevos instrumentos como el violín, el violoncelo y el piano, que eran construidos por artesanos especializados y los músicos comenzaron a ser conocidos y admirados.

—¡Fíjate! Amadeus Mozart tiene la misma edad que nosotros y ya ha compuesto la pieza que interpreta...

En Holanda, Inglaterra y Francia se organizaron compañías
para comerciar con la India y las tierras de Oriente. Éstas fletaban
barcos que pagaban los reyes o ciudadanos que no pertenecían
a la nobleza. De esta forma, se enriquecieron muchas personas,
que luego aspiraron a participar de la vida pública de sus
ciudades por medio de cargos políticos.

—Dentro de unos meses, cuando vuelva esta expedición, seré
todavía más rico y es posible que entonces el rey me nombre
alcalde de la ciudad y tal vez, llegaré a ser algún día gobernador
de la provincia.

—Entonces procurarás que nuestra ciudad sea la más bonita del
país, ¿verdad?

—Mi padre dice que el Parlamento de Londres es tan
importante como el rey y que de los parlamentarios depende
el que todos vivamos mejor...

—Por descontado que sí. ¿No ves que el rey no puede promulgar
ninguna ley si no ha sido aprobada antes por el Parlamento?
En Inglaterra los habitantes del país, nobles, comerciantes o
artesanos, estaban representados por los parlamentarios. Era
un sistema político diferente al de otros países europeos, que
permitía al rey estar en continuo diálogo con sus súbditos.
Los ingleses de hoy están muy orgullosos de sus tradiciones
y su pasado.

En Francia, un grupo de filósofos muy inteligentes explicaron a otros pensadores unas nuevas teorías, que, en parte, ya estaban vigentes en Inglaterra. Afirmaban que todos los hombres eran libres y que tenían unos derechos que nadie les podía quitar. Además, decían que la opinión de los ciudadanos y los campesinos valía más que la de los reyes y los nobles, puesto que la gente sencilla era la representante auténtica de la nación. Creían también que había que respetar la libertad individual y que todos los hombres tenían que convivir sin que ningún grupo social dominara al resto de los habitantes de un país. Con esta doctrina, nacieron los principios de la democracia tal y como se conoce hoy en la mayor parte de países del mundo.

En Norteamérica, los colonos ingleses y holandeses, aunque dependían de Inglaterra, seguían un ritmo de vida propio. Al fin, se declararon independientes y fundaron Estados Unidos de América del Norte, el primer país que se gobernó por leyes democráticas.

En la nueva República de los Estados Unidos todos tenían su propia responsabilidad y trabajando juntos, hicieron crecer a los nuevos estados norteamericanos.

—Abuela, ¿verdad que George Washington fue un hombre muy importante?

—Sí. Dirigió los ejércitos que consiguieron la independencia y escribió la Constitución de Estados Unidos.

En muchos lugares de Europa, las gentes alegres y sencillas se reunían en bosques o praderas para cantar, bailar o jugar. Lucían sus mejores ropas y algunos aristócratas se unían a la fiesta, vestidos como ellos.

Francisco de Goya, un gran pintor español, captó todo el color y toda la gracia de estas fiestas populares, en una serie de cuadros llenos de vida y movimiento.

—Me gustan mucho estas tardes de fiesta... Todo el mundo está contento y de buen humor.

—Sí, en estas meriendas los nobles disfrutan tanto como nosotros, los hijos de los artesanos... Vamos, que ahora van a bailar.

Los científicos experimentaban en sus gabinetes de estudio y habían descubierto los principios de la electricidad, la ley de los movimientos de los líquidos y la de la expansión de los gases. Todo ello hizo posible la primera ascensión en globo inflado con aire caliente y más ligero que el que le rodeaba. Los ciudadanos de París no daban crédito a sus ojos. Por primera vez, se había hecho realidad el viejo sueño de la humanidad de volar como los pájaros.

—¡Yo no subiría por nada del mundo!

—Pues yo sí. Los constructores del globo, los hermanos Montgolfier, dicen que de acuerdo con las leyes de la Física, no hay posibilidad de que se caiga.

Cuando los ciudadanos de París conocieron las nuevas teorías filosóficas, reclamaron su derecho a la libertad y a la igualdad política. Fue entonces cuando tuvo lugar la Revolución Francesa, que marca el inicio de una nueva época en la historia de Europa. Una de las primeras acciones revolucionarias fue la Toma de la Bastilla, una prisión que simbolizaba el poder absoluto de los reyes y de la nobleza.

—Nuestra revolución hará cambiar muchas cosas de acuerdo al principio: "Queremos nuevas leyes para todo el mundo, la igualdad y la fraternidad entre todos los franceses".

—Tienes razón. El poder de la nobleza ha terminado y el rey, si quiere seguir gobernando, tendrá que escucharnos a nosotros, los ciudadanos.

El ferrocarril supuso un importante avance en el transporte de mercancías y pasajeros, a causa de su rapidez. Las fábricas recién instaladas pudieron enviar con más facilidad sus productos hasta las ciudades y los puertos de embarque hacia el extranjero. Al mismo tiempo, los habitantes de pueblos y ciudades alejados entre sí podían reunirse más a menudo con sus parientes y amigos.

La red ferroviaria se extendió con rapidez por muchos países, a pesar del miedo invencible que muchos campesinos sentían ante las locomotoras.

—Las chispas que escupen estas máquinas nos quemarán las cosechas...

—¡Parece obra del diablo!

La mayor parte de las fábricas textiles que se instalaban en Europa se abastecían del algodón cultivado en los campos del Sur de Estados Unidos.

Los campos los trabajaban los esclavos negros, que sufrían los malos tratos de los amos de las plantaciones. Para consolarse de su triste situación, solían cantar unas canciones muy emotivas con letras religiosas, que hoy conocemos como cantos espirituales negros.

—¡Qué triste suerte la nuestra!

—Es cierto, pero mi padre asegura que llegará un día en que los negros seremos libres y tendremos los mismos derechos que los ciudadanos de este gran país...

Las fábricas alteraron el paisaje de muchos lugares de Europa y América del Norte. Las altas chimeneas junto a los ríos o en las ciudades simbolizaban una nueva forma de trabajo en la que los obreros trabajaban reunidos en grandes edificios. Muchos niños trabajaban en las fábricas junto a hombres y mujeres adultos. La vida de estos obreros era muy dura porque ganaban sueldos muy bajos y dejaban de cobrar cuando caían enfermos o no podían trabajar a causa de su edad.
—Cada día vienen más campesinos a trabajar a las nuevas fábricas.
—Es lógico; aunque los obreros trabajen muchas horas y cobren un sueldo bajo, no dependen de las malas cosechas...

La era industrial cambió la forma de vida de los habitantes de Europa y de Norteamérica. Es el fin de la Edad Moderna y la que da paso a la Contemporánea. Comenzó entonces una carrera imparable de inventos técnicos, que ha seguido hasta nuestros días.

Cada invento, como el fonógrafo, parecía algo extraordinario hasta que era superado por otro más perfeccionado.

Poco a poco, nuestros bisabuelos se fueron acostumbrando a las novedades de la técnica y se esforzaron por disfrutar de ellas.

Hoy por hoy, a pesar de que ya no nos sorprenden, no sabríamos vivir sin las comodidades que nos proporcionan los progresos de la técnica.

Las monarquías absolutas

Los niños deberán enfocar la Edad Moderna como la época en que se producen una serie de cambios que tendrán como resultado el modo de vida de sus abuelos, de sus padres e incluso de su época. En el orden político, Luis XIV de Francia, el Rey Sol, es el exponente máximo de las monarquías absolutistas. Es decir, las que opinaban que el poder del rey derivaba directamente de Dios.

El arte barroco

El barroco busca la expresión del movimiento y de la vida en las formas curvas y quebradas de edificios, esculturas y pinturas. Es, asimismo, la época en que la música inicia unos nuevos caminos instrumentales y corales. Dos nombres destacan en esta nueva etapa de creación musical: Juan Sebastián Bach y Wolfgang Amadeus Mozart.

El auge de la burguesía europea

El comercio había enriquecido considerablemente a una burguesía que aspiraba a conseguir una mayor representatividad política. Hasta entonces había desempeñado cargos en el gobierno de las ciudades, pero las responsabilidades máximas eran para la nobleza. En Inglaterra, el parlamentarismo había adquirido ya una cierta madurez política y era el espejo en el que se miraba Europa.

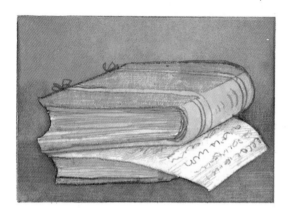

Las nuevas teorías de los filósofos franceses

Los filósofos franceses del siglo XVIII enunciaron ya las teorías políticas y sociales que hoy están vigentes en la mayor parte de los estados modernos, la democracia y la separación de los tres poderes: legislativo, ejecutivo y judicial. Estas ideas no eran vistas con buenos ojos por la nobleza y el clero como estamentos sociales y, por supuesto, por la monarquía absoluta.

El nacimiento de América del Norte

Más allá del Atlántico, los colonos, que continuaban dependiendo políticamente de Inglaterra se organizaron social y políticamente en la línea de las nuevas teorías filosóficas francesas. La Constitución norteamericana y la primera declaración de Derechos Humanos señalaron caminos de libertad que después siguieron los políticos europeos.

La vida cotidiana en el siglo XVIII

Las gentes sencillas disfrutaban de las fiestas populares en las que también participaban la nobleza y las clases sociales más adineradas. Por otra parte, los científicos experimentaban en sus laboratorios las leyes físicas de los gases, de la comunicación de los líquidos y de la electricidad. Todos estos avances científicos asombraban a los ciudadanos, que apenas podían creer lo que veían.

El gran cambio político en Francia

La Revolución Francesa fue el acontecimiento político que marcó el inicio de una nueva época. El pueblo de París, conducido por la burguesía culta, protagonizó un ciclo revolucionario que sembró la semilla de las conquistas sociales y políticas. Napoleón Bonaparte, militar y hábil político, heredó la Francia revolucionaria, pero fracasó en su intento de someter a Europa.

Las aplicaciones de la máquina de vapor

La nueva energía a vapor dio origen a la revolución industrial y revitalizó los sistemas de transporte con los ferrocarriles y barcos a vapor. Desde entonces, las redes viarias irán siempre unidas a la expansión industrial, a la mejora del comercio y a la comunicación entre los hombres. El vapor es, pues, la primera fuente de energía capaz de poner en marcha el dinamismo industrial.

La era industrial

El carbón —para las máquinas a vapor— y el hierro —para la construcción— fueron insustituibles en la Revolución Industrial. Pero el algodón de EE.UU., India o Egipto fue la materia prima de fábricas que se establecieron en Inglaterra, primero, y en el resto de Europa, después. Con la industrialización, aparecieron dos nuevas clases sociales: la burguesía industrial y el mundo obrero.